TOBY

TOBY

GRACIELA CABAL

Ilustraciones de Pez

GRUPO EDITORIAL norma

Barcelona, Bogotá, Buenos Aires, Caracas, Guatemala, Lima, México, Miami, Panamá, Quito, San José, San Juan, San Salvador, Santiago de Chile.

A. A. 53550, Bogotá, Colombia

Primera reimpresión, 1999
Segunda reimpresión, 1999
Impreso por Cargraphics S.A. — Impresión Digital
Impreso en Colombia — Printed in Colombia
Noviembre, 1999

Dirección editorial, María Candelaria Posada
Dirección de arte, Julio Vanoy
Diagramación y armada, Ana Inés Rojas

ISBN: 958-04-4222-3

Me lo regaló mi abuelo.

—Es para que no se te vuelen los papeles cada vez que abras la ventana —me dijo—, y se llama pisapapeles.

Yo en mi cuarto no tengo ventana. Es más: ni siquiera tengo cuarto. Y papeles tengo pocos.

Pero igual me gustó el pisapapeles, porque adentro del pisapapeles hay un jardín.

Y más me gustó porque no es un regalo útil.

Yo odio los regalos útiles, como ser ropa y esas cosas.

Por eso lo quiero tanto a mi abuelo, que siempre me regala basura. (Mi tía llama basura a todas las cosas que nos gustan a mi abuelo y a mí, como ser pisapapeles con jardines adentro.)

Yo no puedo dejarlo caer al suelo al pisapapeles. Porque es de cristal y se va a romper.

A mí se me rompen enseguida las cosas.

Yo tengo cuidado, y me da rabia que se me rompan, pero se me rompen igual.

Mi abuelo está leyéndome un cuento y se queda dormido.

Yo quiero saber lo que pasa en el cuento.

Pero éste es un libro con puras letras y ningún dibujo.

Y no entiendo.

Mi tía grita que a ver si apagamos de una buena vez la luz. ¿O acaso pensamos que la luz es gratis?

También grita que ya está cansada, que hasta cuándo esa vida, y otras cosas más,

polvos
as. La tierr
plana y re
para que p
detuvo
Tío ¿H
tío añ
ta piedra
e modo que
har la palabra
la anilla como ordenaba su tío. La pie
ia y aparecieron varios escalones.
sta que ó el tío—. Al final de los peldaños
conduce a tres amplios salones
ímpara encendid
terior le dio
Aladino olvidó
palabra tesoro
como ordenaba su tío. La piedra

que mucho no le escucho porque me tapo las orejas.

Yo apago la luz, pero enciendo la vela que está al lado del retrato de mi mamá.

Y entonces me pongo a mirar bien el jardín del pisapapeles.

No me había dado cuenta de que en el fondo del jardín hay una casita. (Me parece que los pisapapeles se ven más lindos a la luz de las velas.)

Mi tía abre la puerta de repente y me grita que apague la vela. ¿O quiero quedarme dormido con la vela encendida y que la casa se queme con todos adentro, eh, eh?

Apago la vela y me le acuesto al lado a mi abuelo (al pisapapeles lo acomodo debajo de la almohada).

Mi tía se queda mirándome un rato. Y después me tapa, me da un beso y me dice que tenga buenos sueños, pobrecito querido.

Con la voz de mi mamá me lo dice.

Al costado de nuestra cama está el estante de los libros.

Los libros son de mi abuelo, pero él me los presta.

A mí me gustan los libros con dibujos. Yo paso los dedos por los dibujos y voy entendiendo lo que el libro dice.

Hay un libro de tapas azules que está lleno de cuentos, pero ni un dibujo tiene. Ese es el libro que mi abuelo quiere más, porque era de mi mamá el libro.

Mi abuelo me regaló una linterna.

—Para que no acabes de volverla loca a tu pobre tía con el asunto de las velas —se ríe mi abuelo.

Las linternas son buenísimas para mirar adentro de los pisapapeles.

Pero a mí me gustan más las velas.

Al lado de la cama está la mesa de mi abuelo.

Yo no puedo tocar nada de la mesa de mi abuelo.

Mirar sí puedo. Tocar, no.

Relojes rotos hay en la mesa. Y pinzas.

También hay una lámpara, para que mi abuelo encuentre rápido las rueditas con dientes, los tornillos que ni se ven, y todas esas cosas que van adentro de los relojes.

Lo más importante es una especie de copita que mi abuelo se calza en el ojo, porque mirando por ahí las cosas chicas parecen grandes.

Mi abuelo arregla los relojes rotos.

Y cuando los relojes están arreglados, mi abuelo los va poniendo en una caja negra, hasta que se los vengan a buscar.

Ahora mi abuelo no tiene tantos relojes para arreglar.

Porque la gente está cada día más loca y compra relojes que se usan y se tiran.

Antes, cuando yo todavía no estaba, mi abuelo tenía montañas de relojes para arreglar.

Porque antes la gente no era tan loca como ahora.

Y porque él era el relojero más famoso del mundo, cuando yo no estaba.

12
3

A mí también me gustaría arreglar relojes, como mi abuelo.

Pero dicen que yo no puedo arreglar relojes.

Es dificilísimo arreglar relojes.

Mi papá tampoco puede arreglar relojes.

Mi papá es marinero.

Hoy mi papá volvió del viaje y vino a visitarme.

Después me llevó hasta el río, porque teníamos muchas cosas de qué hablar, dijo. Y me prestó la gorra.

Caminamos y caminamos. Pero sin hablar.

Bueno, mi papá algo habló.

—¿Y ahora qué vamos a hacer, Toby? —dijo, y se agarró la cabeza, como si le pesara.

Yo quise decirle que por qué no me llevaba con él en el barco y me enseñaba a ser marinero.

Pero las palabras no me salieron bien.

Igual mi papá me entendió, porque

después de un rato me dijo que a lo mejor yo también podía ser marinero, cuando fuera grande.

Entonces dije:

—Yo soy grande, papá.

Y me reí, porque había dicho justo, justo lo que quería decir.

Llegamos de vuelta a la casa y mi papá se encerró con mi abuelo y mi tía en la cocina.

Yo no quería enterarme de lo que hablaban, pero un poco sí quería: mi papá decía que tuvieran paciencia, que ya faltaba poco.

¿Poco para qué?

En el pisapapeles desapareció el jardín con la casita y apareció un mar. Y en el mar, un barco. Las olas son muy altas, y el barco se bambolea, porque hay tormenta. El pisapapeles se ilumina, con tantos relámpagos.

Mi abuelo dice que mi papá no es de hablar.

—¡Tu madre sí que era de hablar! —se ríe el abuelo—. De hablar y de cantar... ¡como tu abuela!

Pero de repente se calla, porque entra mi tía.

Y mi tía no quiere que mi abuelo me llene la cabeza de historias tristes del pasado, así dice mi tía.

Y que hay que mirar para adelante, también dice.

Y poner al mal tiempo buena cara.

A mí me parece que yo salí a mi papá.

Digo, porque hablo poco.

Pensar sí que pienso cosas.

Pero cuando voy a decirlas, las palabras no se me juntan con las cosas. Y me hago un lío.

Con el que hablo algo es con mi abuelo, porque él no me apura ni se pone nervioso ni se ríe si me equivoco ni me dice pobrecito querido.

A mí no me gusta que me digan pobrecito querido.

Y a mi abuelo tampoco le gusta.

S^t. Helena
Damaras

La única que podía decirme pobrecito querido era mi mamá, dice mi abuelo.

Y mi tía, pienso yo, porque me lo dice con la voz de mi mamá.

Mi papá siempre tiene los ojos con agua. Pero no es de llorar: es agua, nomás.

—Tu papá es hombre de mar —dice mi abuelo—. Y los hombres de mar tienen ojos que parecen tristes, porque miran más allá.

—¿Más allá de dónde, abuelo?

Mi abuelo no me contesta y yo voy a buscar el libro de tapas azules.

Y mi abuelo me cuenta un cuento, que no es el que me contó antes. Otro cuento es.

Al final los cuentos siempre me los termino yo, adentro de mi cabeza.

Es que mi abuelo nunca me los cuenta enteros.

De nuevo apareció el jardín en el pisapapeles. Pero es un jardín diferente. Y en vez de casita ahora hay castillo. Del castillo salen muchos hombres a caballo, con banderas de colores. Y en una ventana del castillo hay una princesa. La princesa tiene trenzas largas y es linda, linda.

¿Cómo pueden caber tantas cosas adentro de un pisapapeles?

Más cosas que adentro de un reloj caben.

Mi abuelo dice que hoy no tiene ganas de contar cuentos.

—Estoy preocupado, Toby.

—¿Preocupado por qué, abuelo?

Ayer vino a cenar el novio de mi tía.

Es la primera vez que un novio viene a la casa.

Muy peinada estaba mi tía, y tenía puesto el collar de mi mamá (el de las piedritas coloradas que mi mamá lleva en el retrato).

El novio de mi tía me gustó, porque es alto, gordo, tiene bigotes, se ríe todo el tiempo y cuando te da la mano te hace doler.

En cambio la hermana del novio de mi

tía no me gustó nada, porque me dio besos con baba, me dijo pobrecito querido tanta desgracia junta, y me preguntó qué iba a ser cuando fuera grande.

—Yo soy grande —dije, y me limpié la cara.

Entonces mi tía me llevó a la cocina y me dijo que por favor, por favor, tratara de ser simpático y amable, porque de esta reunión dependía su vida.

—Y la tuya también, Toby, ¿me vas a hacer caso?

"Sí", dije con la cabeza.

—Y no te quedes todo el tiempo mirando con la boca abierta, ¿eh, Toby?

"No", dije con la cabeza.

—Y podrías decir algo, cualquier cosita, ¿sí, Toby?

"Sí", dije con la cabeza.

Pero no sé cómo hay que hacer para hablar y tener la boca cerrada al mismo tiempo.

Cuando terminamos de comer, mi tía prendió la radio y se puso a bailar con el novio.

Mi tía le apoyó la cabeza en el pecho al novio.

Y el novio se rió fuerte y la apretó mucho a mi tía.

¿La haría doler, como cuando daba la mano?

No, porque mi tía se reía como loca.

A mí también me gustaría bailar con una novia, y que ella me apoyara la cabeza en el pecho.

Y apretarla fuerte a mi novia, eso me gustaría tanto...

La hermana del novio dijo qué linda parejita, ¿no?

Y mi abuelo dijo sí, sí, muy linda la parejita del carajito.

Yo quise ser simpático y amable, pobre mi tía, y me pensé algunas cosas para decir, todas las palabras seguidas, sin equivocarme.

"A mí me gustaría apretar una novia", podría decir.

O "Yo no sé arreglar relojes".

Y me fui al baño a ensayar.

Pero al final nadie me preguntó nada.

Después de tanto trabajo.

Hacía mucho que no comíamos comida rica, con mantel recién planchado, servilletas de verdad y copas altas.

Ojalá que el novio vuelva pronto. Sin la hermana.

O con la hermana, si no tiene dónde dejarla.

Hoy en el pisapapeles se hizo la noche. Es linda la noche. Hay muchas estrellas y una luna grande y amarilla. La luna tiene ojos, nariz y boca, como la luna de afuera.

Yo no dejo que nadie espíe adentro de mi pisapapeles.

Ni a mi abuelo lo dejo.

Pero si tuviera una novia sí que la dejaría.

Mi tía está contenta. Se ríe y a veces canta.

—Ahora que anda en amores se parece a tu madre —dice mi abuelo.

Yo miro el retrato de mi mamá.
Mi mamá era más linda que mi tía.

Qué suerte que tengo el retrato: no me acuerdo casi nada de mi mamá.
De lo que me acuerdo un poco es de la voz.
Y del olor.

Cuando está contenta, mi tía tiene el olor de mi mamá.
A veces yo me acerco a mi tía para sentirle el olor.
Pero ella se enoja y me dice que me vaya por ahí a jugar y la deje tranquila.
—Yo soy grande —le digo a mi tía.

Mi tía me quiere enseñar a leer.
Pero yo no puedo leer.
Y mi tía se pone furiosa.
Ayer me tiró el libro por la cabeza.
Tan fuerte me lo tiró que al libro se le salió la tapa.
Después mi tía se puso a llorar y se fue.
Entonces yo levanté el libro y me lo leí, pasando los dedos por los dibujos.

Es dificilísimo leer cuando faltan los dibujos.

El novio de mi tía viene todos los días a buscarla a la casa.

A veces los dos se van a caminar.

A veces se quedan en la cocina. O en la puerta de calle.

A mí me gusta ver cómo la aprieta el novio a mi tía.

Mucho me gusta.

Después yo voy y la aprieto a la almohada.

Y a la noche mi abuelo protesta.

En el pisapapeles hay un monstruo horrible que baila con una chica linda. En un palacio lleno de luces bailan. La chica es la novia del monstruo. Y el monstruo es el rey del palacio. Y todos le hacen caso y le dicen "Sí, Señor". Eso que es horrible.

Mi tía dice que nos tiene que decir algo importante a mi abuelo y a mí.

Y cuenta que se va a casar con el novio

de los bigotes, y se va a ir a vivir a otro pueblo.

Y que como el novio es un santo de Dios, él deja que mi abuelo y yo nos vayamos con ellos. ¿Estamos contentos?

Yo lo miro a mi abuelo, que no dice nada y se levanta a buscar la pipa.

—¿Pero no era que había dejado de fumar, papá? —pregunta mi tía.

—¡CLARO QUE DEJÉ, CLARO QUE DEJÉ! —se enoja mi abuelo—. Ahora, si te molesta que tenga la pipa vacía en la boca...

Mi tía se ríe. Pero enseguida se queda seria, porque, dándole vueltas a la pipa, mi abuelo dice:

—Mmmm... ¡De veras que resultó santo tu noviecito del carajito!

Y se va a la calle dando un portazo.

A la noche mi abuelo agarra el libro de cuentos.

Y yo me siento en el suelo, para escuchar.

Pero mi abuelo no abre el libro.

—Cuánta suerte tenemos, Toby. El

hombre ese nos deja ir a vivir a su propia casa, con él.

—Y con la hermana del carajito —digo yo.

Entonces mi abuelo se ríe. Y yo también.

Porque dije todo seguido, sin equivocarme ni una vez. (A veces me pasa eso, cuando estoy muy contento o cuando estoy muy enojado.)

Hoy el pisapapeles se llenó de animales. Hay un león, una jirafa y un elefante. Y un mono viejo con un mono chiquito. El mono viejo le saca los piojos al mono chiquito. Y se los come.

Mi abuelo pegó un puñetazo tan fuerte en la mesa que hizo saltar los platos y derramar el vino.

—¡VAYAN SABIENDO QUE DE AQUÍ NO ME MUEVEN! —gritó.

Entonces yo me paré al lado de mi abuelo, porque tampoco quiero que me muevan.

Y ahí fue que mi tía se puso a llorar y le

dijo a mi abuelo que era un viejo loco y egoísta, y que si no pensaba un poco en el pobrecito querido de Toby.

Y mi abuelo le gritó que Toby no era ningún pobrecito querido, y que él, mi abuelo, se bastaba y se sobraba para cuidarme.

—¡Es que Toby necesita una buena familia! —lloró mi tía—. ¡Y yo le juré a mi hermana...!

—¡UN ABUELO Y UN NIETO SON UNA BUENA FAMILIA! —gritó mi abuelo. Y se levantó tan rabioso que tiró la silla.

Yo me escondí debajo de la cama y me tapé las orejas, porque los gritos me dan ganas de vomitar.

En el pisapapeles todo se vino negro. Y ni una lucecita hay. A mí me da miedo cuando todo se viene negro.

Anoche mojé la cama.

Hacía mucho que no mojaba la cama.

También lo mojé a mi abuelo.

Y mi abuelo dijo que anoche había

pasado el gatipedro, que es un gato blanco que moja la cama de los chicos con el agua que le sale de un cuernito.

Siempre que mojo la cama mi abuelo me cuenta el cuento del gatipedro.

—Yo soy grande, abuelo —dije triste.

Y mi abuelo dijo que no me pusiera triste ni tuviera vergüenza.

—Alguna vez yo también mojé la cama —dijo—. Y seguro dentro de un tiempo la voy a mojar de nuevo...

Mi papá volvió del viaje y me trajo de regalo una especie de reloj como los que arregla mi abuelo.

—No es un reloj, es una brújula —dijo mi papá—. Y sirve para no perderse nunca. Si vas a ser marinero, lo primero es tener una buena brújula.

Y nos fuimos a caminar para el lado del río.

Yo quise preguntarle a mi papá si era muy difícil ser marinero. Si era más difícil ser marinero que arreglar relojes, quise preguntarle.

Pero no pregunté nada.

N
NO
NE
O
E
SO
SE
S

Porque es un lío preguntar todo eso.

Y porque mi papá tenía los ojos muy llenos de agua.

Y cuando tiene los ojos tan llenos de agua a mí me parece que no me escucha.

Después mi papá me mostró un botecito medio roto.

Y los dos nos metimos adentro.

Así estuvimos un buen rato, sin hablar.

Sentados, mirando el río.

Hasta que mi papá me dijo:

—Te quiero mucho, Toby...

Otra vez hablan de mí, encerrados en la cocina.

Me da rabia que hablen de mí y que no me dejen entrar.

Es que ellos piensan que soy un nenito.

Ahora están todos: mi abuelo, mi tía, el novio de mi tía y hasta la hermana del novio.

Al principio hablan en voz baja, pero enseguida se enojan y gritan.

Así me entero de que esta vez mi papá se fue muy lejos y quién sabe cuándo va a volver.

Y de que mi tía quiere llevarme con ellos, sí o sí, para que vaya a una escuela.

Y de que mi abuelo está furioso.

—¡No voy a permitir que nos separen! —grita mi abuelo—. ¡Nunca lo voy a permitir!

—Es que una criatura sin madre... —dice mi tía.

—¡Desde que la madre murió, yo soy la madre! —grita mi abuelo.

—... y casi sin padre —dice el novio de mi tía.

—¡Y también el padre soy! ¡Un abuelo es dos veces un padre!

—Si lo llevamos con nosotros —dice la hermana—, el pobrecito querido podría estar con gente... eh... así..

—¿Así, cómo, señora? —dice mi abuelo.

—Llámeme Lucy, abuelo... Después de todo vamos a ser de la familia, ¿no?

—¡ASI CÓMO, SEÑORA! ¡Y YO ABUELO SUYO NO SOY!

Entonces me animo a entrar.

"De aquí no me mueven", quiero decir.

Pero me quedo duro, con la boca abierta, sin hablar. Justo como no le gusta a mi tía.

—¡Acá llegó Toby! ¿Por qué no le preguntan a él con quién quiere estar? —dice mi abuelo.

—El no puede decidir, papá —dice mi tía—. Además, ¿pensó qué va a ser de Toby el día que usted... le falte?

Y ahí fue que, por un buen rato, nadie habló ni hizo un ruidito.

Nada más que la hermana del novio hizo un ruidito, sonándose la nariz.

—Para eso faltan mil años —dice al final mi abuelo.

Pero se queda triste, triste.

Entonces sí, puedo decir algo:

—Yo soy grande —digo.

Pero lo digo casi sin abrir la boca.

Y nadie me entiende. Creo.

En el pisapapeles apareció un caballo. No, uno no: muchos caballos. Van y vienen los caballos, sin nadie que los monte. Por una playa vacía van y vienen. A veces se meten un poquito en el agua, pero enseguida salen. En el cielo el sol se esconde.

y vienen los caballos,
playa vacía van y vienen. A
enseguida salen. En el
Mi abuelo no me
-¿Yo con quién

—¿Te vas a ir, abuelo? —pregunto yo.

Mi abuelo no me contesta.

—¿Todos se van a ir? —pregunto yo.

Mi abuelo no me contesta.

—¿Yo con quién me quedo? —pregunto yo.

Mi abuelo no me contesta.

—¿Cuántos son mil años? —pregunto yo.

Mi abuelo no me contesta.

¿Por qué mi abuelo no me contesta?

¿Será que yo no pregunté?

¿Será que nada más me pareció que preguntaba?

Tengo miedo.

Otra vez el mar se metió adentro del pisapapeles. Pero ahora lo que se ve es el fondo del mar. El fondo del mar es parecido a un jardín, con flores y todo. Y peces, claro. Y estrellas. Hay un barco hundido en el fondo del mar. Pero no es el barco de mi papá.

Nos levantamos muy temprano, antes que mi tía.

Porque mi abuelo quiere enseñarme a arreglar relojes.

—Yo no puedo —digo —. Es dificilísimo arreglar relojes.

—Usted se calla y hace lo que yo mando —dice mi abuelo.

Y desarma un reloj, piecita por piecita.

—Ahora hay que volver a armarlo — dice mi abuelo. Y se va a buscar la pipa. Y hace como que la llena, pero no la llena. Y después hace como que echa humo por la boca, pero no echa humo.

Yo algo sé de relojes, de tanto mirarlo trabajar a mi abuelo.

Igual me equivoco y me tiemblan las manos y se me caen las cosas.

Entonces tengo ganas de llorar.

Y me da miedo mojarme los pantalones.

—Tranquilo, Toby —dice mi abuelo—. Piecita por piecita. Voy a dar un paseo, así no te miro.

Yo empiezo: piecita por piecita.

De repente se me ocurre que mejor estudio para marinero (la brújula ya la tengo.)

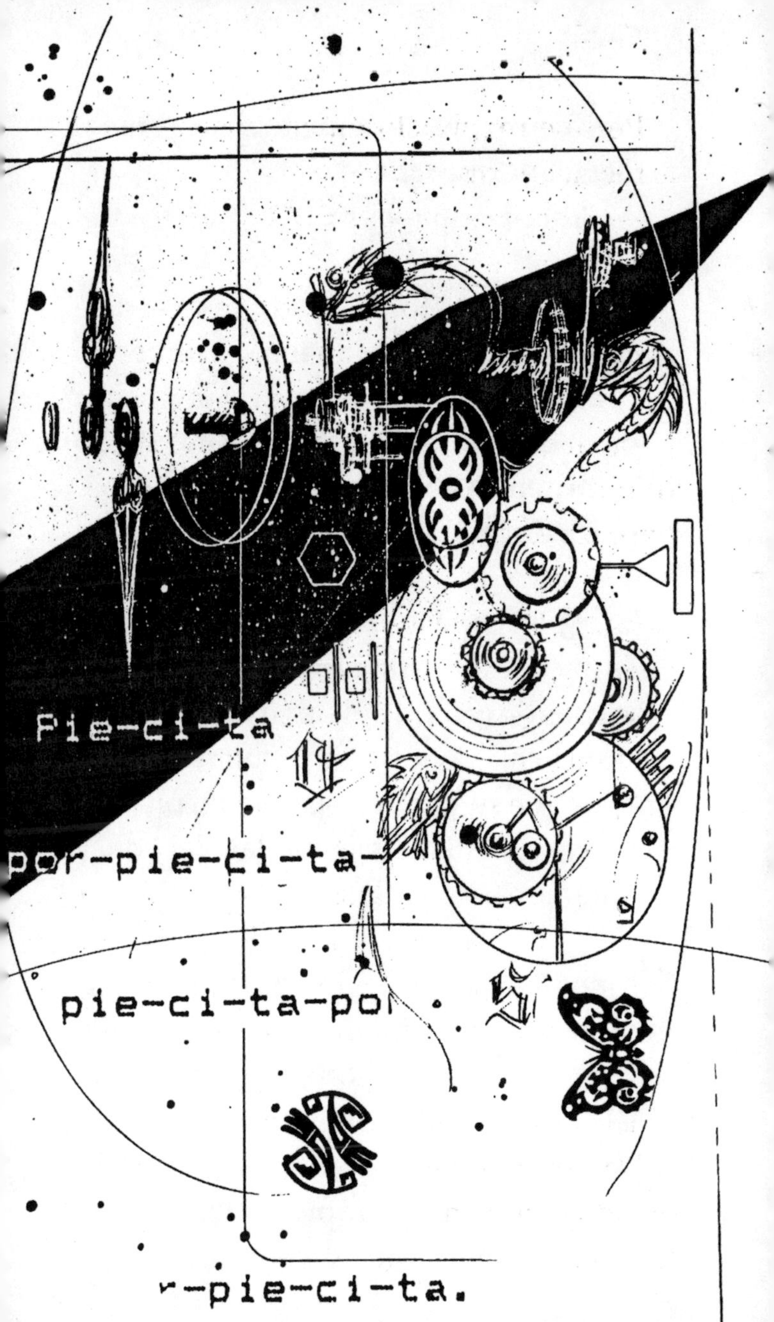

Pie-ci-ta
por-pie-ci-ta-
pie-ci-ta-por
r-pie-ci-ta.

Pero quiero darle el gusto a mi abuelo.
Piecita por piecita.
Pie-ci-ta-por-pie-ci-ta...

—¡Nada mal, Toby! ¡Nada mal! —dice al rato mi abuelo— Mañana seguimos.

Y me cuenta un cuento. Bueno, un pedazo de cuento, que yo después me lo termino en la cabeza cuando nos acostamos a dormir.

En el pisapapeles hay un tesoro. Oculto en una cueva está el tesoro. Muchas monedas de oro y de plata se ven, adentro de unas cajas enormes. Y montones de árboles que en vez de hojas tienen piedras de colores, brillantes como las del collar de mi mamá.

Todos los días, antes de que salga el sol, mi abuelo y yo armamos y desarmamos relojes.

Mi abuelo los desarma y yo los armo.

Mi abuelo está contento porque cada vez yo los armo más rápido a los relojes.

—No tenemos mucho tiempo, Toby.

—¿Mucho tiempo para qué, abuelo?

—Shhh... Es una sorpresa.

A veces me canso de armar y desarmar relojes, y le digo a mi abuelo que cambiemos de juego.

Y le traigo el libro de tapas azules, para que me lea.

Y mi abuelo me lee.

Pero ahora, antes de leerme, quiere que yo le dibuje letras del libro.

Está raro mi abuelo.

Habla solo.

Y se ríe.

Hoy es mi cumpleaños.

Yo no sabía nada, pero mi abuelo me avisó.

Y mi tía me hizo una torta con velas y me regaló un pantalón nuevo.

Y la hermana del novio me regaló un libro con dibujos para pintar y unos pinceles y unas pinturas.

Y el novio de mi tía me regaló un cortaplumas.

Pero mi tía lo retó al novio y me sacó de la mano el cortaplumas. Porque me podía lastimar, dijo. O lastimar a alguien, sin querer. Y ahí sí que no iba a haber ningún casamiento, dijo. Porque ella a mí me quería más que a un hijo, aunque a veces la volviera loca, pobrecito querido.

Mi abuelo lo que me trajo de regalo es un reloj cu-cú, grande, de madera, con forma de casa.

—Tiene como mil años —dijo mi abuelo.

Roto está el reloj, y no se puede arreglar.

Ni mi abuelo puede.

Antes sí funcionaba el reloj, y cuando daba la hora hacía sonar una musiquita.

Y por una ventana que tiene en el techo, se aparecía una señora con sombrero y canasta.

Pero ahora el reloj ya no tiene más arreglo, porque algo adentro se le rompió para siempre.

Y nunca, nunca más va a poder dar la hora.

Me gusta mucho este reloj.

Casi como el pisapapeles, que es lo que más me gusta en la vida.

Es que yo me parezco al reloj: tampoco tengo arreglo.

Porque a mí también algo se me rompió adentro, para siempre.

—Toby necesitaba una cosa útil, papá, como ser una camisa, en vez de esa... —dijo mi tía. Y no dijo "basura" porque delante del novio se hace la educadita.

El abuelo me hizo un estante para mí solo, debajo del estante de él.

En el estante mío pongo todos los tesoros: el retrato de mi mamá, el pisapapeles, la brújula, el libro de pintar, los pinceles y las pinturas, y el reloj cu-cú que no tiene arreglo.

A veces mi abuelo no me lee del libro de tapas azules.

A veces los cuentos me los inventa él.

Y entonces me los cuenta todos enteros, del principio al final.

Nunca había visto la nieve. Aquí está, en el pisapapeles. La nieve cae sobre los árboles y sobre los techos. Adentro de las casas la gente enciende el fuego y prende las luces, porque se está viniendo la noche. Me gusta mirar adentro de las ventanas de esas casas cuando se viene la noche y cae la nieve.

Hoy en mi estante apareció el libro de tapas azules, al lado del cu-cú.

Yo le fui a decir gracias a mi abuelo, y él se hizo el dormido.

A mi abuelo le da vergüenza que alguien le diga gracias, aunque sea yo.

A mí no me daría vergüenza de que alguien me dijera gracias.

"Gracias, Toby".

"De nada", diría yo.

Pero nadie me dice "gracias Toby".

De noche me sueño con los relojes.

Ya los sé armar y desarmar con los ojos cerrados.

Y hasta con una mano sola.

No solo los armo: los arreglo.

Los últimos relojes que le trajeron a mi abuelo los arreglé yo solo, lo más bien.

Pie-ci-ta-por-pie-ci-ta.

Tan contento me puse que quise correr a contarle a mi tía.

Pero mi abuelo no me dejó.

Tampoco me dejó que le mostrara a mi tía lo clarito que escribo TOBY.

Que todavía no había llegado la hora, dijo mi abuelo.

Que ésa era la sorpresa.

Yo también tengo una sorpresa.

A la luz de las velas preparo la sorpresa.

Porque la linterna se gasta enseguida y mi abuelo se va a dar cuenta.

En cambio velas es lo que sobra en esta casa.

Para mi abuelo es la sorpresa.

—Toby tiene mal color —dice mi tía—. Y se queda dormido en todos lados.

Entonces me llevan al médico.

El médico me revisa y dice que no necesito un remedio. Que lo que necesito es una linda novia.

Y se ríe.

Yo quiero decirle al médico que a mí me gustaría tener una linda novia, para apretarla.

Pero no me sale.

Lo que sí me sale es:

—Yo soy grande.

Y aunque no pude decir justo, justo lo que quería, me río igual.

Porque me gusta que me hablen de novias.

En cambio mi tía se pone loca. Y se enoja conmigo y con el médico. Y me lleva de vuelta a la casa.

Yo quiero contarle a mi tía que no estoy enfermo, que lo único que tengo es un poco de sueño.

Pero no se lo puedo decir.

Porque es un lío decir todo eso.

Y porque no voy a poder dormir hasta que termine la sorpresa para mi abuelo.

Es dificilísimo hacer sorpresas.

Tan dificilísimo como apretar novias.

Hoy recibí carta de mi papá.

Mi abuelo quiso saber si yo entendía las palabras de la carta.

Pero no entendí nada.

A las palabras del libro a veces las entiendo un poco.

A las que escribe mi papá, no.

Entonces mi abuelo me leyó la carta.

Que mi papá me va a venir a buscar dentro de un tiempo, dice la carta.

Pero no para que yo vaya con él en el barco y aprenda a ser marinero, dice.

Para llevarme a vivir con la madre, me va a venir a buscar mi papá.

La madre de mi papá es abuela mía.

Igual que mi otra abuela, la que se murió.

Pero esta abuela no se murió.

Es muy buena esta abuela, y se pone contenta de que yo vaya a la casa.

En un país que no es este país vive ella.

Un país muy lindo, que a mí me va a encantar.

Un país que queda del otro lado del mar.

Y sigue y sigue la carta.

Pero yo no quiero escuchar más.

Y me tapo las orejas.

A mí me gusta este país.
A mí me gusta el país donde está mi abuelo.

Mi abuelo dice que no le muestre la carta a mi tía.
Y la esconde adentro de un libro.

¿Por qué todos quieren llevarme de un lado para el otro?
Si yo estoy de lo más tranquilo aquí.
Tengo un pedazo de cama.
Tengo un estante para mí solo, lleno de tesoros.
Tengo a mi abuelo.

Un nieto y un abuelo son una buena familia.

Mi tía dijo que había llegado la hora.
Y que mañana se iba.
Y que me llevaría con ella.
Y que me había conseguido una escuela de ésas para gente como yo.

Y que era para mi bien.

Y que mi mamá se lo agradecería desde el cielo.

Mi tía dijo todo eso llorando a los gritos.

Y además dijo que mi abuelo podía ir con ellos, o quedarse solo, o morirse como un perro si se le daba la gana, que ella igual lo iba a querer siempre, pero que no daba más, y que también tenía derecho a un poquito de felicidad y a criar a sus propios hijos, que ojalá le salieran fuertes y sanos...

Toda la noche estuve despierto, para terminar la sorpresa.

Y la terminé.

Pie-ci-ta-por-pie-ci-ta-pie-ci-ta-por-pie-ci-ta.

Quería dejarla lista, antes de escaparme.

Me gustaría ver la cara de mi abuelo cuando la encuentre.

Si supiera escribir todas las palabras le dejaría una carta a mi abuelo.

"Abuelo: me fui, pero no te preocupes. Yo soy grande. Cuando los otros se vayan voy a volver". Así le escribiría.

Caminé y caminé.

De repente me pareció que me había perdido. ¿Pero cómo me voy a perder si adentro de la bolsa tengo mi brújula?

También tengo el retrato de mi mamá, el pisapapeles, el libro de tapas azules, la linterna, el libro de pintar y los pinceles.

De todo tengo en la bolsa que le saqué prestada a mi tía.

Pinturas no tengo más, porque me las gasté.

Y el cu-cú se lo dejé al abuelo.

También tengo dos manzanas y un pedazo de queso y un pedazo de pan.

Y tengo un perro negro, que me sigue.

En el pisapapeles apareció un bosque. Y en el medio del bosque, una casa de madera. Debajo del techo de la casa hay una ventana. Por la ventana se asoma una señora. Lleva un sombrero con flores la señora, y una canasta en la mano. Si uno acerca la oreja al pisapapeles, se oye una musiquita.

Anoche dormí en el bote roto de mi papá.

Mucho frío tenía.

Y me tapé con el perro.

Cuando me desperté, tenía hambre.

Y me comí el pan con el queso y las manzanas. Mitad el perro, mitad yo.

Nunca había dormido solo en un bote, tapado con un perro.

"Yo soy grande", pensé.

Y me puse contento.

Salí del bote y empecé a caminar.

Caminé y caminé, siempre con el Negro detrás.

Y ahí me perdí de nuevo.

Di vueltas por todos lados y no encontré más el bote.

Entonces saqué la brújula de la bolsa.

Y lo que encontré no fue el bote, fue un viejito.

El Negro le movió la cola al viejito.

Y el viejito me preguntó qué me pasaba.

Yo no le contesté.

Porque era un lío decir lo que me pasaba.

El viejito me llevó a una casilla cerca del río y me dio un jarro lleno de sopa caliente.

Más rica que la sopa que hace mi tía era la del viejito.

Después el viejito tomó vino de una botella y me preguntó si quería.

Yo dije que no con la cabeza.

Solo mi abuelo toma vino. Y el novio de mi tía.

En vaso toman.

Pero el viejito me dijo que yo era grande.

—Yo soy grande —dije. Y probé un poco, de la botella.

No me gustó el vino.

Pero al viejito no le dije que no me gustaba.

El viejito me preguntó qué llevaba en la bolsa.

Yo me encogí de hombros.

No quería que el viejito mirara adentro del pisapapeles.

A la noche dormí en la casilla.

El viejito me tiró una manta, para que me tapara.

Pero yo me tapé con el Negro: es más calentito.

Cuando me desperté, el viejito no estaba.

Y mi bolsa tampoco estaba.

El que estaba era el Negro.

Qué cosa. Me había quedado sin nada y a mí me daba risa.

Es que nunca había comido sopa en jarro ni dormido en una casilla al lado del río.

Y nunca había tomado vino de la botella.

Qué cosa.

Cuando salí afuera, el viejito revolvía mi bolsa, sentado al sol.

—Pura basura —me dijo. ("Basura": igual que mi tía.)

Y me devolvió la bolsa.

—Gracias —le dije yo. (Lo más bien se lo dije.)

Y entonces el viejito se rió, sacó la brújula del bolsillo, que se la había olvidado, y me la dio.

—Está rota —me dijo.
—Gracias —le dije yo.
Y me fui. Con el Negro.

—¡Te lo regalo al perro! —me gritó el viejito de lejos.
—¡Gracias! —le grité yo.

No estaba rota la brújula. Parecía rota nomás.

Porque enseguida encontré el bote.

Entonces me metí adentro y me tiré al sol, al lado del Negro.

Y me armé una pipa de mentira, como hace mi abuelo.

Y me la fumé.

Y eché humo que no se veía.

Y me senté, para mirar el río.

Y para pensar.

Fue ahí que lo vi llegar a mi abuelo.

A mi abuelo, a mi tía, al novio, a la hermana... Y hasta al vecino de al lado. Todos arriba de un camioncito.

Y mi abuelo y mi tía se bajaron a los gritos y me abrazaron.

Y mi tía gritaba te voy a matar pobrecito querido tan inteligente.

Y mi abuelo decía que no se podía creer este Toby del carajito.

Y me llevaron de vuelta a la casa.

Allí, en el medio de la mesa de los relojes, estaba el cu-cú.

Entonces justo fueron las cinco.

Y el reloj empezó a tocar la musiquita.

Y la señora se asomó por la ventana, con su sombrero lleno de flores coloradas y azules y su canasta llena de naranjas. Todo recién pintado.

Y yo no sé por qué ellos gritaban tanto y aplaudían y parecían locos.

Y el que más gritaba y se reía era mi abuelo.

Que ese reloj ya no tenía arreglo, decía.

Que ni él había podido hacerlo andar, decía.

Que yo era el mejor relojero del mundo, decía.

Y un gran artista, decía.

Que yo había salido a él, decía.

Y mi tía no decía nada porque lloraba todo el tiempo y señalaba donde yo había escrito TOBY, con pintura amarilla, justo debajo de la ventanita.

Y la hermana del novio no paraba de sonarse la nariz y de decir milagro, milagro.

Y el novio me apretó tanto la mano que mi tía paró de llorar y le dijo que no fuera bruto, que si no, no había casamiento.

Y el Negro movía la cola.

Cuando se fueron y nos dejaron solos, mi abuelo se acercó y me dijo:

—Gracias, Toby.

Y a mí me dio mucha vergüenza.

Y no le pude decir: "De nada, abuelo".

Mi papá me mandó una carta y su gorra de marinero.

Que me extrañaba, decía.

Que mi abuela me estaba esperando, decía.

Y mi abuelo le contestó a mi papá.

Que yo había crecido en este año, le contestó.

Que trabajaba con él y si viera qué lindos arreglaba los relojes, le contestó.

Que tenía perro.

Y que yo no me iba a ir a ninguna parte, le contestó.

Que si ellos querían verme, que vinieran nomás, de visita.

Todo eso le contestó.

Y yo debajo firmé: TOBY

Hacía mucho que no miraba el pisapapeles: de nuevo hay un jardín, como el día que me lo trajo mi abuelo. Y en el fondo del jardín, una casita. A veces de la casita sale humo. Y en la puerta de la casita siempre hay un perro. Es guardián el perro.

Ahora tengo un cuarto para mí solo.

Con mi cama.

Y mi estante.

Y mi mesa, con mi propia lámpara y mi propia copita.

Y mi silla.

Y una ventana.

Y muchos papeles, que no son papeles

así nomás: son papeles de trabajo.

Yo mismo los escribo.

Le-tri-ta-por-le-tri-ta-nu-me-ri-to-po-nu-me-ri-to.

Cuando abro la ventana los papeles no se me vuelan, porque tengo pisapapeles.

De todo tengo en mi cuarto.

Igual, antes de que sean las cinco en los relojes de mi mesa, me voy al cuarto de mi abuelo, para estar ahí cuando el cu-cú da la hora.

Me gusta escuchar esa musiquita.

Y ver la señora que se asoma, con su sombrero lleno de flores y su canasta llena de naranjas.

Todas las tardes voy. Con el libro de tapas azules.

Así mi abuelo después me cuenta un cuento, mientras fumamos nuestras pipas vacías.

—Estás grande para cuentos, Toby —se ríe mi abuelo.

Pero me lo cuenta lo mismo el cuento.

A los grandes nos gusta que nos cuenten

cuentos mientras fumamos nuestras pipas.

De nuevo cumplo años.

Mi tía se vino de visita. Con una panza enorme y una torta con trece velas y una camisa de regalo, se vino.

Y el novio de mi tía otra vez me trajo un cortaplumas.

Y mi tía dijo qué manía con el cortaplumas, pero me lo dejó.

Y la hermana del novio me trajo una maquinita que hace las cuentas sola.

—Para tu trabajo, pobrecito querido —dijo. Y se sonó la nariz.

Mi abuelo lo que me regaló es un lindo pedazo de madera lustrosa, que vamos a clavar en la puerta de la casa.

AQUÍ SE ARREGLA LO QUE NO TIENE ARREGLO

pintamos mi abuelo y yo en la madera, con pintura amarilla.

Y yo, con el cortaplumas, firmé debajo:

TOBY